BLAISE
LE SAVETIER,

OPERA-COMIQUE,

MÊLÉ D'ARIETTES

*Par Monſieur S*****

La Muſique de M. PHILLIDOR.

A LIEGE,

Chez F. J. DESOER, Marchand Libraire & Imprimeur, ſous la Tour Saint Lambert.

ACTEURS.

BLAISE,

BLAISINE,

Monſieur PINCE,

Madame PINCE,

PREMIER RECORD,

SECOND RECORD,

BLAISE LE SAVETIER,

OPERA-COMIQUE.

Le Théatre représente une Boutique de Savetier.

SCENE PREMIERE.

BLAISE BLAISINE.

BLAISINE.

Que cherches-tu?

BLAISE.

Rien.

BLAISINE.

Mais encor.

BLAISE.

Mon chapeau.

BLAISINE.

Ton chapeau? Tu veut sortir?

BLAISE

Non, ma femme, non.

BLAISINE.

Comment, non!

BLAISE.

Non, je vois ſeulement....

BLAISINE.

Hé! tu ne ſors pas!

BLAISE.

Air: *C'eſt la façon de le faire.*

Non, te dis-je, j'ai trop affaire,
Je ne ſors pas, mais Mathurin,
Mathurin avec ſon compere
M'attend au cabaret voiſin.
Hier ils m'ont payé bouteille
De bon vin,
Je veux leur rendre la pareille
Ce matin.

BLAISINE.

Ce matin!

BLAISE.

Oui, ce matin.

BLAISINE.

Tu iras ce ſoir.

BLAISE.

Je ne peux pas.

BLAISINE.

Pourquoi?

BLAISE.

Ah! pourquoi, pourquoi? C'eſt aujourd'ui le lendemain de la noce de notre couſin Nicaiſe.

BLAISINE.

Hé! qu'est-ce que ça te fait? Tu sçais que je n'ai pas voulu y aller hier, parce que nous sommes dans la peine, & qu'il auroit fallu payer le lendemain.

BLAISE.

Ce n'est que pour compter, ma petite femme; il y a des restes, je veux leur aider à faire le compte.

BLAISINE.

Ils ont bien besoin de toi!

BLAISE.

La nôce doit y venir dejeûner.

ARIETTE *en Duo.*

quoi? Ta con - dui - te fa - cheuſe Nous ré-
& oui en quoi!
duit aux extrémi - tés. Nous de- -
Quelles ſont ces extrémités?
vons de tous les cô - tés. Hé- -
On nous doit de tous les côtés.

las! hé - - las! que je suis mal - heu - - - reuſe!
Toi!
en quoi, Ta con - dui - - -
en quoi? en quoi?
Ma con-
- - te fâ - - cheuſe! Nous conduit aux extrémi - -
duite fâ - - cheuſe!
Quelles ſont ces extrémi-

tés? Hé - las! que je ſuis mal - heu- -
tés? On nous doit de tous les côtés.
reuſe! mal - - - - - heu - - reuſe
Toi! en quoi? Co-quine. Toi!
mal - - - heu - - reuſe!
en quoi, en quoi,

*Hé - las! hè - las! Nous devons de tous
les cô - - rés. Hé - las!
Quelles font ces extrémi - tés? On nous doit
hé - las! Nous devons de tous les cô - tés.
de tous les côtés. On nous doit de tous les côtés.

Mais la bou - chere , La boulan - gere ,
le corroy - eur, Son Procureur, Mais la bou - chere,
La boulan - - gere,
Je ne doit rien au

ca - ba - - - ret, Et c'eſt un fait. Et
Mais la bou - chere,
c'eſt un fait.
La boulan - gere, Le corroy - eur, Son Procu - -

reur, Notre hôte, Sans faute, Doit en ce
jour nous faire ex - é - cu - ter, Et peut ê - tre t'arrêt-
ter.
Je ne doit rien au ca - ba-

Mais la bou - chere,
ret. Et c'eſt un fait, Et c'eſt
La boulan - - gere, Le corroy - eur, Son Procu- -
un fait.
reur, Mais la bouchere, La boulan-gere, Le corroy-
Je ne doit rien au

eur, Son Procu - reur, Notre hô - te, Sans fau - te,
ca - - ba - ret, Et c'est un fait.
Doit en ce jour nous faire ex - é - cu - ter, Et peut-
Je ne doit rien, Et
ê - tre t'ar - re - ter. Hé- -
c'est un fait.

las! hé - - - las! que je ſuis mal - heu-
- - reuſe! Ta con- -
Toi! en quoi! en quoi! Et oui en quoi?
dui - te fâ - - cheuſe. Nous ré - duit aux ex - trémi-

tés. Nous devons de tous les cô-
Quelles sont ces extrémi - tés?
tés. Hé - las! hé-
On nous doit de tous les cô - tés.
las! que je suis mal-heu - - reuse.
Toi! en quoi! en

En quoi ta con - - dui - te fâ - -
quoi!
Ma conduite fâ-
cheuse! Nous ré - - duit aux extré - mi - - tés.
cheuse!
Quelles sont ces extrémi - tés.
Hé - las! que je suis mal - heu - -
On nous doit de tous les cô - tés.

reuſe! mal - - heu - reuſe!
Toi! en quoi! en quoi! Toi!
mal - - - heu - reuſe! Hé-
en quoi! en quoi!
las! hé - las! nous devons de tous les cô - -

(Blaisine reste rêveuse; Blaise tourne encore dans la chambre, trouve son chapeau sur l'armoire, sa femme le regarde aller & dit)

Mais aujourd'hui, malheureux que tu es ! on vient nous enlever nos meubles.

ARIETTE.
BLAISE
BASSO.
Tiens, ma femme, je te prie,
Ne me donne point du cha - grin, point du cha-
grin. Jouiſ - ſons au jourd'hui de la vie,
Blaiſine.
On peut mou - - rir de faim de faim, de faim.
Blaiſe.
Jouiſſons au jourd'hui de la vie, On peut mou-

SCENE II.

BLAISE, BLAISINE, UN HUISSIER ET DEUX RECORDS.

UN RECORD, *parlant du nez.*

NOus venons, Monsieur, pour vous exécuter de la part de Monsieur Pince votre hôte.

BLAISINE.

BLAISE, *contrefaisant le Record.*

Paix: nous venons, Monsieur, pour vous présenter....

LE RECORD, *plus haut.*

Nous venons, Monsieur, pour vous exécuter de la part de Monsieur, Pince votre hôte, Huissier à verge au Châtelet de Paris, & propriétaire de cette maison.

BLAISINE.

Hé! bien, je te l'avois bien dit; que je suis malheureuse!

BLAISE.

Morbleu!

QUATUOR.

tent? est tu content?
Non, non, mor - bleu,
Peut-tu pay - er, peut-tu pay - er?
Ecri-
Mathurin m'attend.

Peut-tu pay - er, peut-tu pay - er, E - cri-
- vez, é - cri - vez. E - cri-
Non, non, morbleu,
vez, écri - vez. Eſt - tu preſſé de
vez, écri - vez, une ar - - moi - -
Non, non, morbleu,

boi - - - - - re. Est
- re, une ar - - moi - re....
Je ne ſuis plus preſſé de boi - - - re?

tu preſ - ſé, de boi - re? eſt
Je ne ſuis plus preſſé de boire.

tu preſ - ſé, de boire, de
Je ne ſuis plus preſſé de boire.
boi - - re. Hé bien eſt-tu con-
Ier. Record
une ar - moire,
Non morbleu, non mor - bleu.

tent, & bien peut tu pay - er, Est-tu pressé de
IIme. Record
Ier. Record
une ar - moire, De bois,
Mathurin m'attend. Non morbleu,
boire, Est - tu pressé de boi - - re.
IIme. Record
De bois de noy - -
Non je ne suis plus pressé de boi - - re.

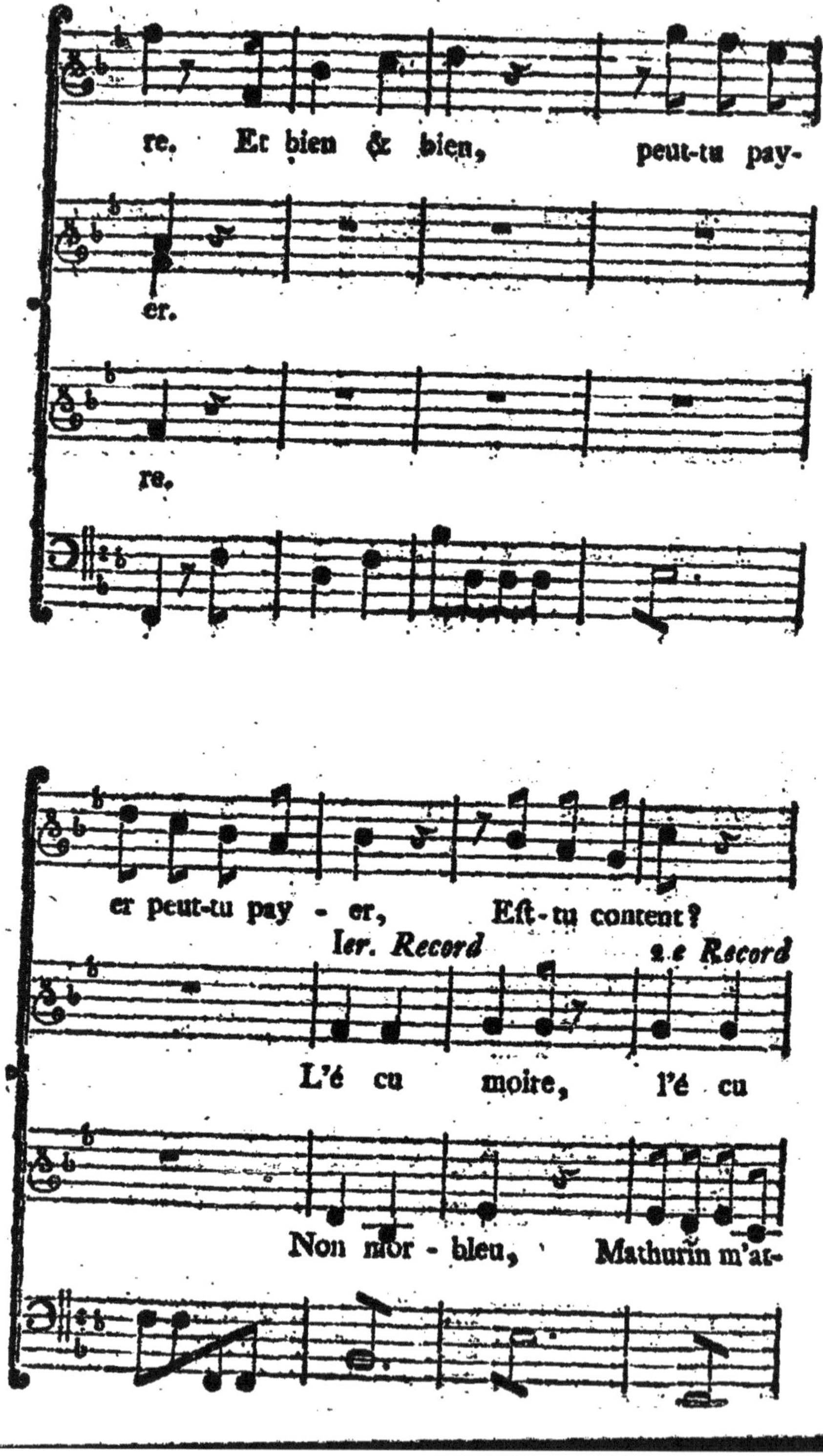
re. Et bien & bien, peut-tu pay-
er.
re.
er peut-tu pay - er, Est-tu content?
1er. Record
2.e Record
L'é cu moire, l'é cu
Non mor - bleu, Mathurin m'at-

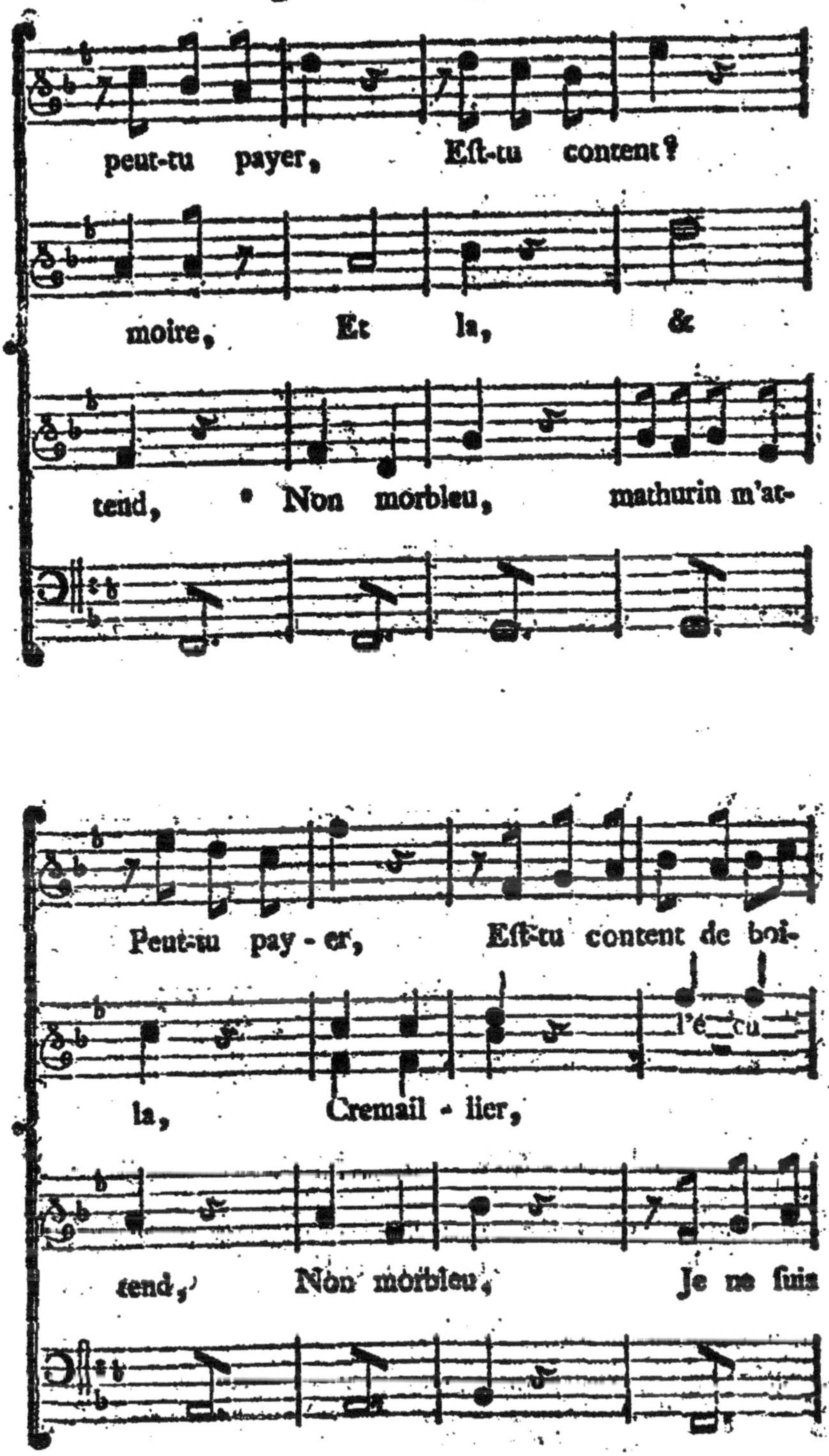
peut-tu payer, Est-tu content?
moire, Et la, &
tend, Non morbleu, mathurin m'at-
Peut-tu pay - er, Est-tu content de boi-
l'é_cu
la, Cremail - lier,
tend, Non morbleu, Je ne suis

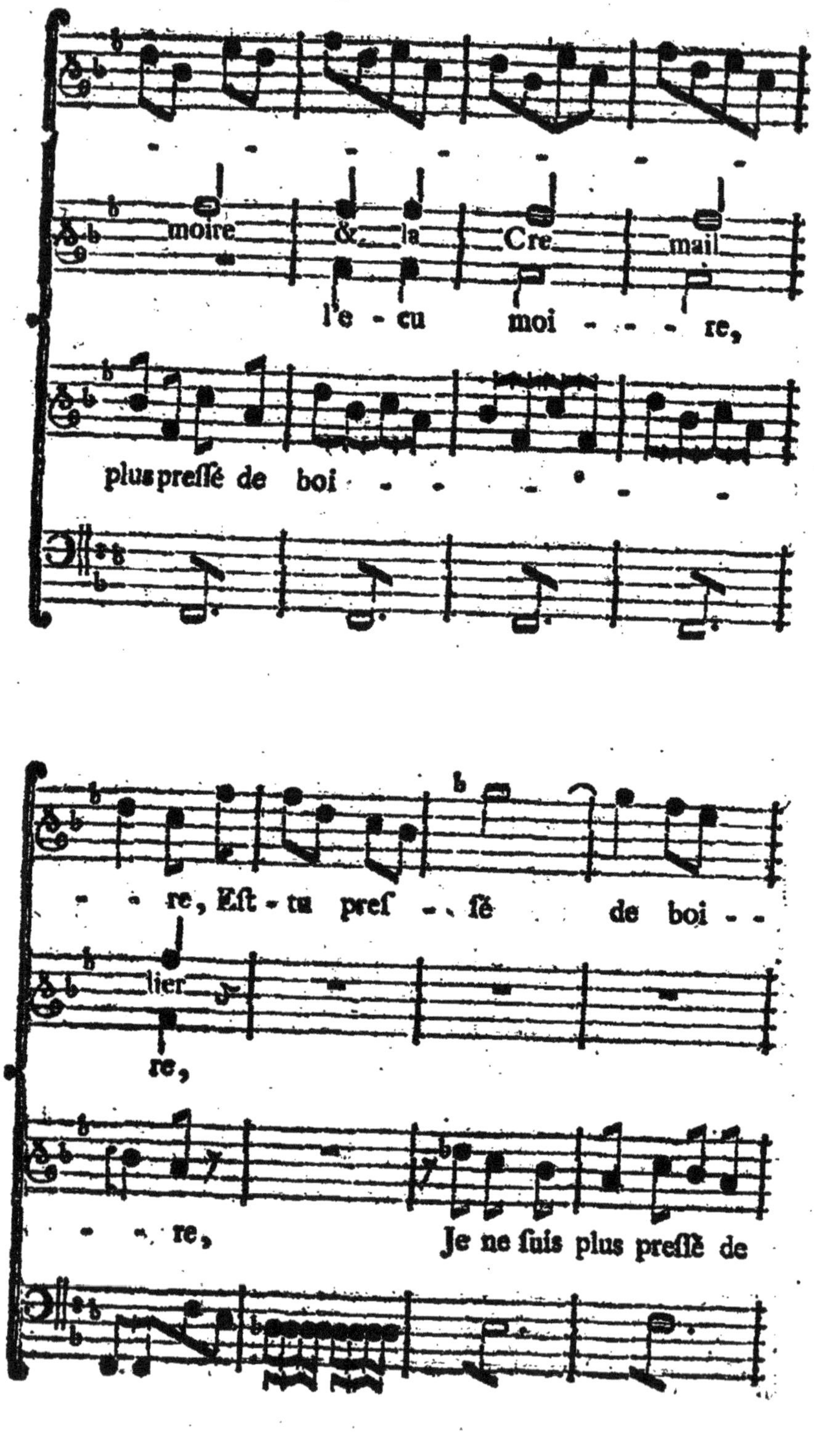
moire & la Cre mail
l'e - cu moi - - - - re,
plus pressé de boi - - - - - - -
- - re, Est - tu pres - - sé de boi - -
lier
re,
- - - re,
Je ne suis plus pressé de

boire, Eſt - tu preſ - ſé, de
boire, Je ne ſuis plus preſſé de
boire, de boi - re. Eſt-tu preſ-
une ar
boire, Non mor - bleu.

ſé de boi - - - - -
moi re de bois de
une ar - - moi -
Je ne ſuis plus preſſé de boi - - -
- - - re. Hé! bien eſt-tu con-
ler. Record
noy er
- - - re, un tre pied, -
- - - re, Non mor - bleu.

tent. Et bien peut-tu pay - er, Eſt - tu preſſé de
ler Record
le 2 Record
un tre pied caſ - - ſé,
Mathurin m'attend, Non morbleu,
boi - re, eſt-tu preſſé de boi - - re.
2 Record
caſ - - ſé, par un pied.
Non je ne ſuis plus preſſé de boi - - - - - re,

BLAISE.

Mais que diantre peuvent-ils tant écrire?

BLAISINE.

Hé! tes meubles.

BLAISE.

Ils ne t'écriront pas peut-être.

BLAISINE.

Comment! tu peux rire encor!

BLAISE.

Je ris de colere, car je crois que je les aſſommerois.

SCENE III.

MADAME PINCE.

nailles que vous êtes! Vous faites Des dettes, Sans travailler:
Sur vo - - tre porte à babiller, à babiller, à babil-

ler, Vous paſ - ſez tout le jour comme un Prince com. un
Prince comme un Prince à babiller, à babiller, à babil-

ler, Ca - nail - les, canailles, ca-
Ma - da - me Pince,
Ma-da-me Pince,
nailles, canailles. Tout le jour comme un
Ma - da - me Pince,
Ma - dame Pince,

Prince, comme un Prince, com. un Prince,
Ma - da -
Ma-
comme un Prince, comme un Prince.
me Pince,
Ma - da -
dame Pinee.
Ma -

A babil-ler, a babil-ler,
me Pince, Ma-da - me
dame Pince, Ma-da - me
Canailles que vous êtes vous fai-tes des dettes sans
Pince, Donnez - nous du
Pince, Donnez - nous du

tra - vail - ler : Sur vo - tre porte à babil - ler à babil -
tems.
tems.
ler,
Vous paſſez tout les jour comme un
Ma - - da - me Pince,
Donnez -
Ma - da - me Pince,
Donnez -

Prince, à babiller ba - biller babiller comme un Prince,
nous du tems. Ma -
nous du tems. Ma-
Tout le jour comme un Prince, à babiller babiller babil-
da - - - me Pince, du
da - - - me Pince, du

ler, Ca - nailles canailles ca - nailles canailles, Ah!
tems. Ma - - - da - - - me Pince,
tems. Ma - - - - da - - - me Pince,
vous ne voulez pas pay - er votre loy - er,
Donnez - - nous du tems.
l'Esca -
Donnez - - nous du tems.

Oui, tout i-
beau, La lampe & le tré - teau.
Et le tré - teau.
ra fur le carreau, Oui tout i - ra fur le carreau.
Ma -
Ma -

Tout le jour comme un Prince comme un
da - me Pince.
une ar - - moi - -
da - me Pince.
Prince,
Tout le
Ma - da - me Pince.
re. De bois de noyer.
Ma - da - me Pince.

jour comme un Prince comme un Prince.
De bois de noy-
Tout le jour à bailler comme un
du tems du tems.
er,
du tems du tems.

Prince comme un Prince. Non, non de l'ar-
du tems du tems.
du tems du tems.
gent, Et con - tant & contant. Cent E - cu, c'est la

ſomme du billet, & le courant : C'eſt ce qu'il faut à no-
tre homme c'eſt ce qu'il faut à no - tre homme.
Ma - dame
Ma - dame

de l'argent, de l'argent,
Pince du tems. Ma - dame
Pince du tems. Ma - dame
Et content & content. Non, non de l'ar-
Pince, du tems du tems.
i -
Pince, du tems du tems.

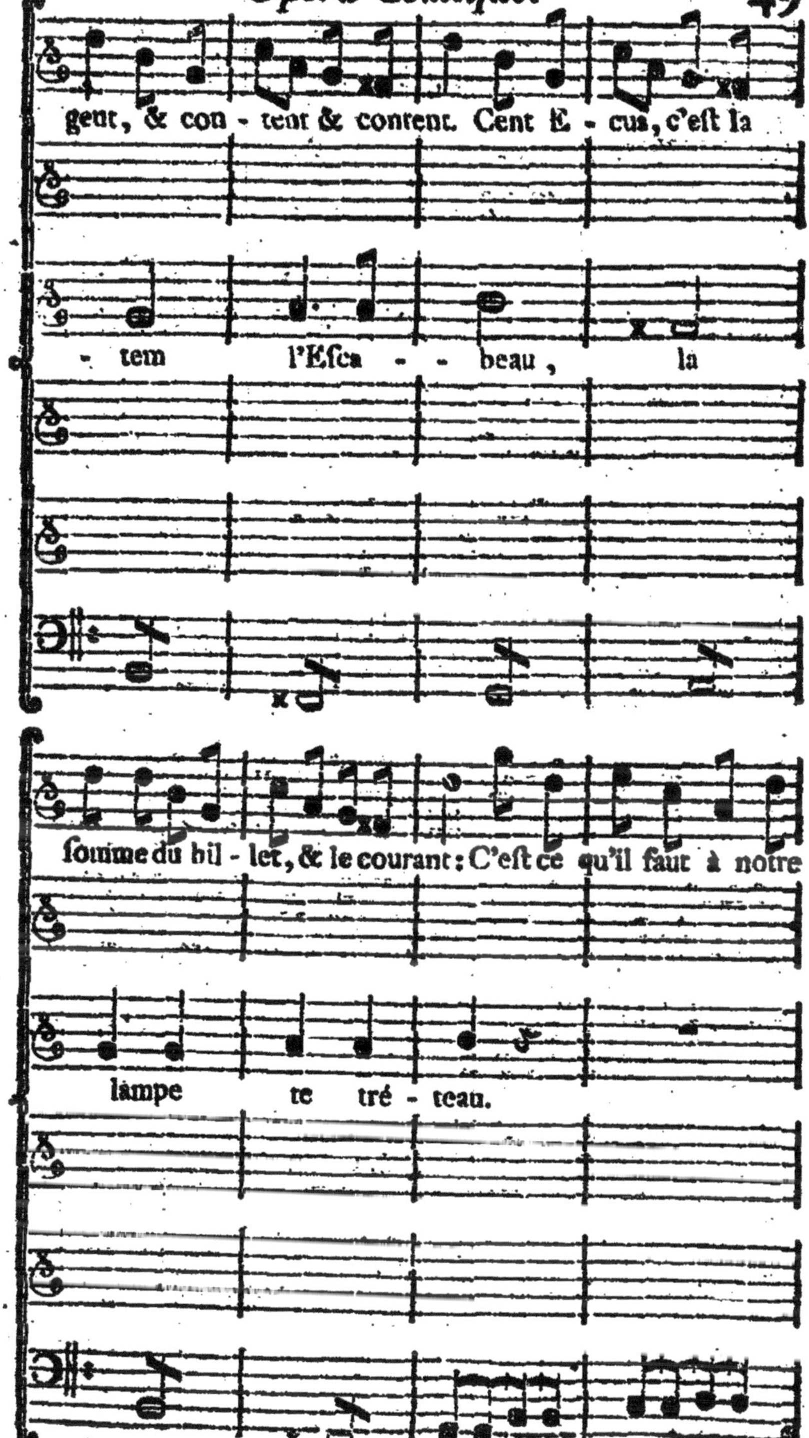
gent, & con - tent & content. Cent E - cus, c'est la
- tem l'Esca - - beau, la
somme du bil - let, & le courant: C'est ce qu'il faut à notre
lampe te tré - teau.

homme. de l'argent, de l'argent.
Ma - dame Pince, Du
Ma - - dame Pince, Du
Cent E - cus, cent é - cus. Non,
tems du tems, du tems,
tems du tems, du tems

non de l'argent & content & content cent é - cus eft la
du tems du tems du
i - - - tem u - - ne moi -
i - - - tem u -
du tems du tems du
fomme du billet & le contant c'eft ce qu'il faut à notre home.
tems du téms du tems
- tié de ri - deau, de ri - - deau.
ne moi - - tié de ri - - deau
tems du tems du tems

Le voi - ci qui va venir; Vous n'avez qu'à vous bien tenir.
Ma-
Ma-
Non, non de l'argent & con-
da - - me Pince,
i - - - tem
da - me Pince,

tent & content cent é - cus, & la somme du bil-
du tems du tems
l'Esca - - beau, La lampe
i - - - tem l'Esca - - beau,
du tems du tems
let, est le courant : C'est ce qu'il faut à notre homme. Le voi-
du tems du tems.
& le tré - - teau.
La lampe & le tré - teau.
du tems du tems.

ci qu'il va venir; Vous n'avez qu'à vous bien tenir. Le voi-
Don-
U-
U-
Don-
ci qu'il va venir; Vous n'avez qu'à vous bien tenir.
nez nous du tems.
ne moi - - tié de ri - - deau.
ne moi - - tié de ri deau.
nez nous du tems.

SCENE IV.

BLAISE, BLAISINE.

BLAISINE.

AH! Blaiſe.

BLAISE.

Ah! Blaiſine, ah! j'enrage.

BLAISINE.

Au bout de ſix mois de ménage.
Voir vendre ſur le carreau
Et mes meubles & mon trouſſeau!

BLAISE.

Ah! j'enrage.

ARIETTE. ANDANTE

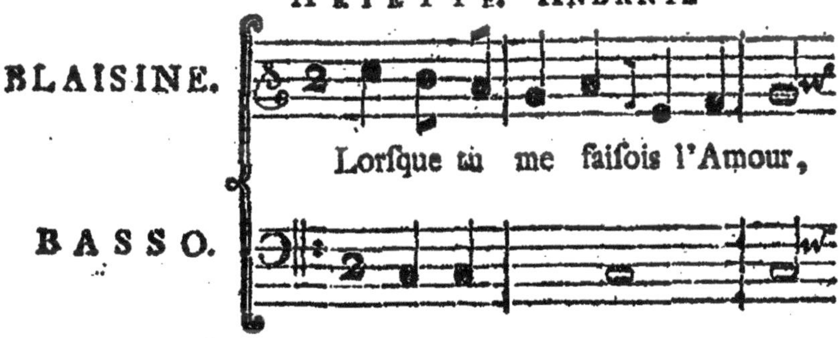

me - re! Ma pauvre me - re?
Lorſque tu
me faiſois l'Amour, Qu'à tu promis à ma
mere ma pauvre me - re ma pauvre mere!
Lorſque tu me faiſois l'Amour, Qu'à tu pro-

mis à ma me - re, Qu'à tu promis à ma me - re.
Allegro.
Tu lui di - sois, Tu lui di - sois,
Oui, ma commere, Oui, ma comme - re, Je vous
jure que tout le jour, Je reste - - rai dans

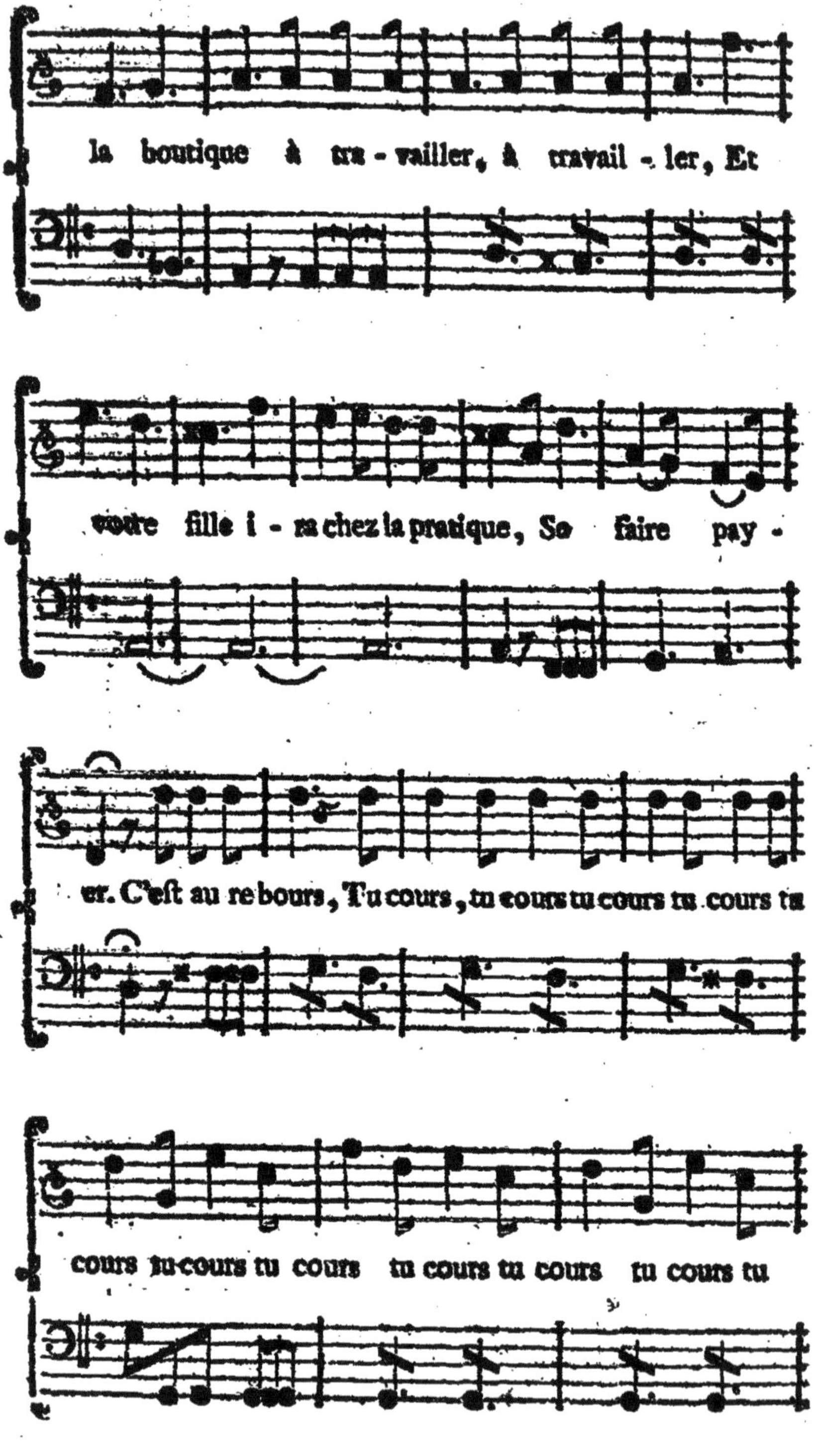
la boutique à tra - vailler, à travail - ler, Et
votre fille i - ra chez la pratique, Se faire pay -
er. C'est au re bours, Tu cours, tu cours tu cours tu cours tu
cours tu cours tu cours tu cours tu cours tu cours tu cours tu

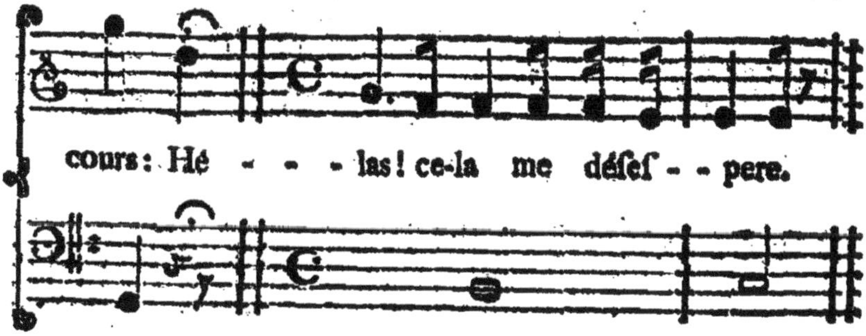

BLAISE.
C'est vrai, j'ai tort.

BLAISINE.
Est-ce au mari à l'avoir?

BLAISE.
Allons, je ne sortirai pas, je vais me mettre à travailler.

BLAISINE.
Il est bien tems.

BLAISE.
Mais Mathurin,

BLAISINE.
Hé bien?

BLAISE.
Dis-lui que je n'irai pas.

BLAISINE.
Allons, j'y cours.

BLAISE.
Ecoute, écoute, si j'y allois, moi.

BLAISINE.
Pour lui dire que tu n'iras pas?

BLAISE
Tu a raison; mais il nous prêteroit peut-être de l'argent.

BLAISINE.
Bon! les amis de bouteille!

BLAISE.
Pourquoi non?

BLAISINE.
BASSO.
Une fem - me sa - - ge,
Doit parta - - ger les cha - grins du mé-
- na - - ge, Et sou - la - ger même un é - -
- poux vo - la - ge, Une fem - me

ſa - ge, Doit parta - ger les chagrins du mé-
- na - - ge, Et ſou - la - ger, ſou - - la - -
- - ger même un é - poux vo - la - -
- - - - - - - ge,

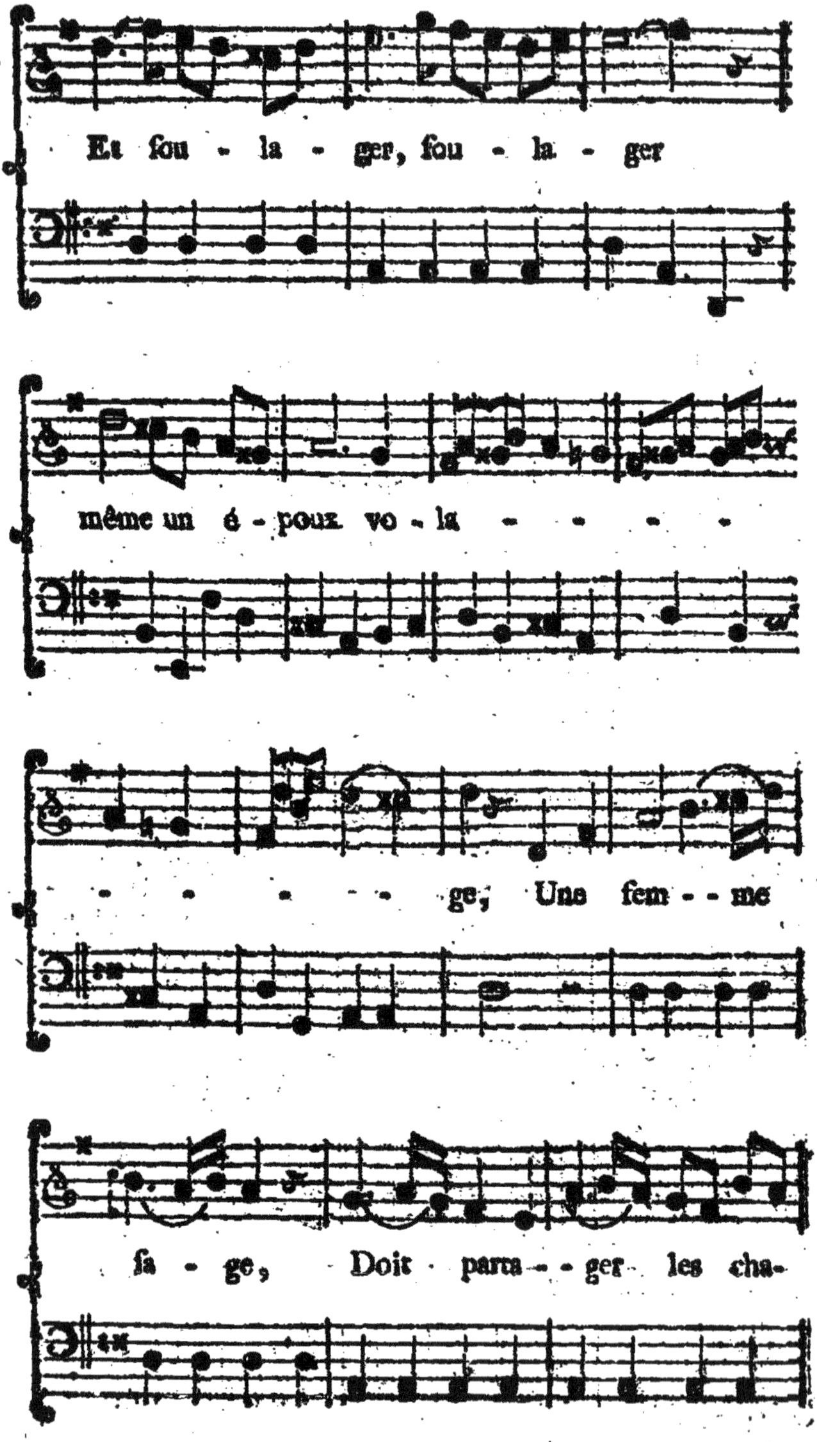
Et ſou - la - ger, ſou - la - ger
même un é - poux vo - la - - - -
- - - - - - ge, Une fem - - me
ſa - ge, Doit parta - - ger les cha-

grins du mé - nage, Une fem - me ſa - ge,
Doit parta - - ger les cha - grins du mé-
na - ge, Et ſou - la - ger même
un é - poux vo - la - ge, Et ſou - la -

ger, & ſou - la - ger même
un é - poux vo - la - - - - -
- - - - - - ge, & ſou - la -
- ger ſou - la - ger, même un é - poux

BLAISE.

Ma petite femme ne te mets pas en colere, me pardonnes-tu?

BLAISINE.

Il m'eſt bien force.

BLAISE.

Mais que faire?

BLAISINE.

Que devenir?

BLAISE.

Je ſçais bien d'où cela vient.

BAISINE.

Et moi auſſi.

BLAISE.

C'eſt un tour de Madame Pince.

BLAISINE.

C'eſt un tour de Monſieur Pince.

BLAISE.

De Madame.

BLAISINE.

De Monſieur

BLAISE.

De la femme, je te dis.

BLAISINE.

Non, du mari; tu ne ſçais pas que Monſieur Pince m'a aimée & m'aime encore.

BLAISE.

Mais tu ne ſçais pas, toi, que Madame Pince m'aimoit.

BLAISINE.

Toi.

BLAISE.

Oui, qu'avant leur mariage & le nôtre.....

BLAISINE.

Mais moi, pendant deux ans.

BLAISE.

Mais moi, pendant six mois.

BLAISINE.

Il venoit chez nous.

BLAISE.

Elle m'attiroit chez elle : & plus de cent fois....

BLAISINE.

Et moi plus de mille; alors il ne m'appelloit pas Blaisine, il m'appelloit Mademoiselle Margot, & toujours le chapeau bas. Ah! il me vient une idée; cache-toi, cache-toi : il va venir. je crois que le voici; oui, oui, cache-toi, & laisse-moi faire.

SCENE V.

BLAISINE, M. PINCE, BLAISE *caché*.

ARIETTE.

rat ! Il me frappe il me bat il me bat il me
bat il me bat. Ah ! le ſcélé-rat ! Il me frape, Il s'é-
chappe. Ah ! le ſcélé-rat ! Il me frappe, Et s'échappe.
Il me bat il me bat. Le ſcélérat ! il me

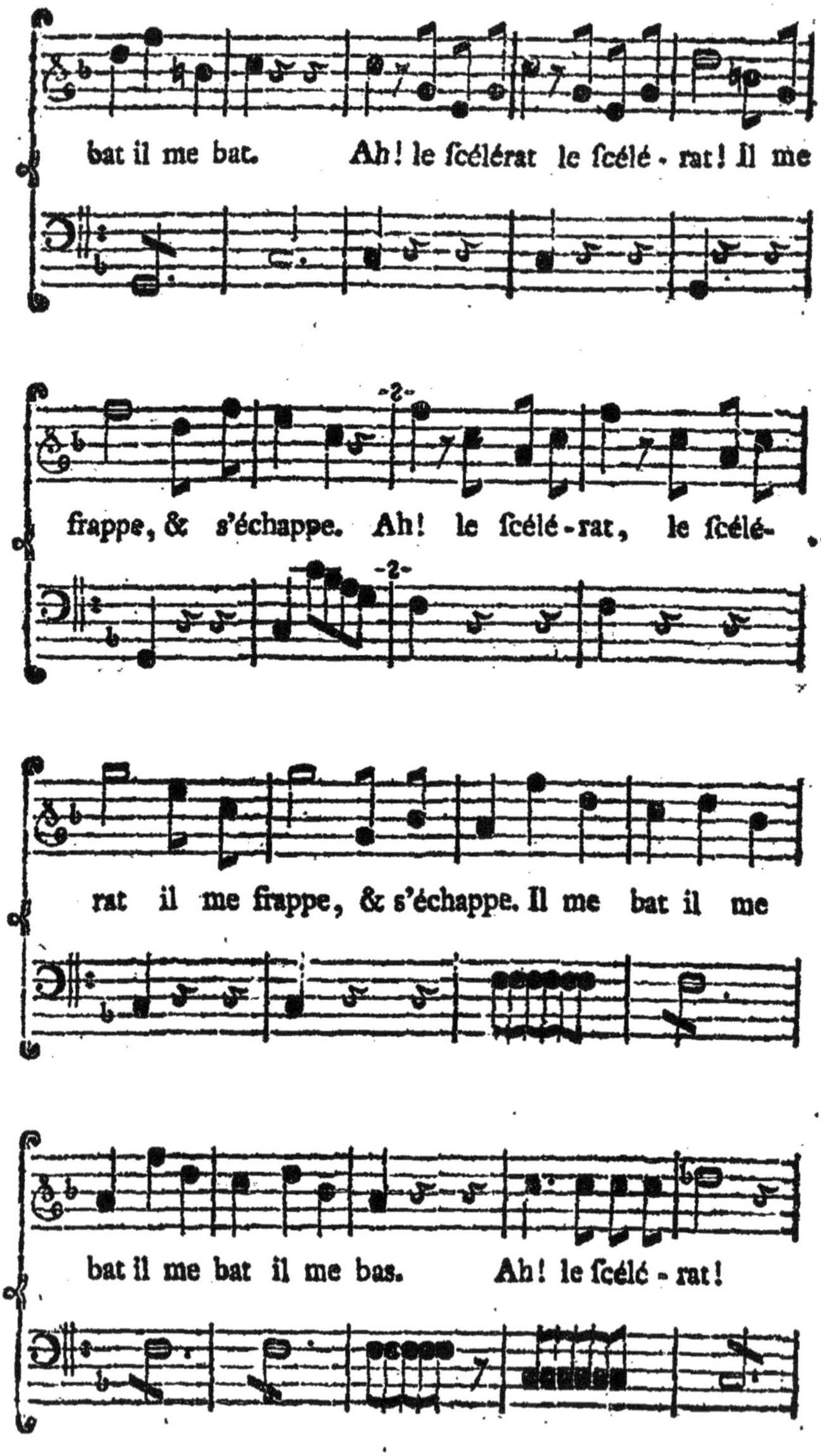
bat il me bat. Ah! le ſcélérat le ſcélé - rat! Il me
frappe, & s'échappe. Ah! le ſcélé - rat, le ſcélé-
rat il me frappe, & s'échappe. Il me bat il me
bat il me bat il me bas. Ah! le ſcélé - rat!

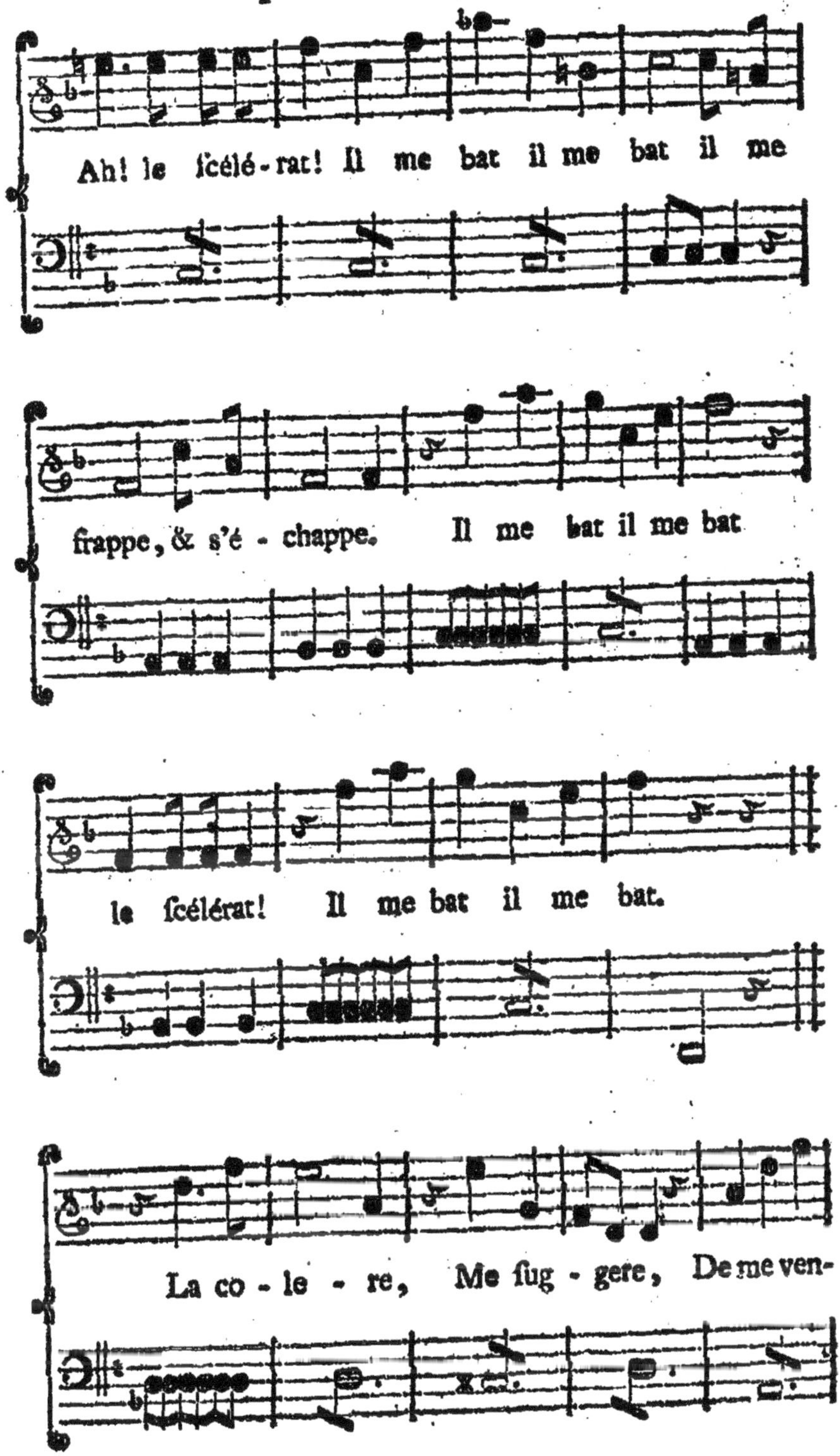
Ah! le ſcélé - rat! Il me bat il me bat il me
frappe, & s'é - chappe. Il me bat il me bat
le ſcélérat! Il me bat il me bat.
La co - le - re, Me ſug - gere, De me ven-

M. PINCE.

Hé bien!

BLAISINE.

Me battre, m'assommer! & mes meubles vont être vendus!

M. PINCE.

Hé bien! hé bien!

BLAISINE.

Ah! que n'écoutois-je mon ami Pince? il auroit fait ma fortune; je l'aimerois, il m'auroit aimée.

M. PINCE.

Elle parle de moi.

BLAISINE.

J'aurois mieux valu que la femme qu'il a.

M. PINCE.

C'est vrai, c'est vrai.

BLAISINE.

Je l'aimerois tant.

M. PINCE.

Elle m'aimeroit! Mademoiselle Margot.

BLAISINE *faisant la pleureuse.*

Ahi! ahi! ahi!

M. PINCE.

Mademoiselle Margot.

BLAISINE.

Ah! vous voilà, Monsieur, je suis votre servante.

M. PINCE.

Qu'avez-vous à pleurer?

BLAISINE.

Je ne pleurois pas; ahi!

M. PINCE.

Ah! vous pleuriez, vous pleuriez; qu'avez-vous

BLAISINE.

Il m'a assommé de coups.

M. PINCE.

Ah! le misérable! Si vous vouliez, si vous vouliez m'écouter.

BLAISINE. *pleurant.*

Ahi! ahi!

M. PINCE.

Je ferois votre bonheur, & vous feriez le mien

BLAISE *caché.*

Ah! le vieux coquin.

M. PINCE.

Hin.

BLAISINE.

Hin, hin. Je n'entends pas ce que vous voulez dire

M. PINCE.

Je ferois votre bonheur, & vous feriez le mien.

BLAISINE.

Je n'entends pas; ahi! ahi!

M. PINCE.

Vos meubles.....

BLAISINE.

Hé bien! mes meubles!

M. PINCE.

Vos meubles resteroient.

BLAISINE.

Voyez mon bras; il est tout noir.

M. PINCE.

Ce que vous dites noir, je le vois fort blanc: ah! qu'il est beau (*Il veut le baiser.*)

BLAISINE.

Ah! ah! finissez.

M. PINCE.

Peut-être le billet.....

BLAISINE, *montrant sa main.*

Ah! ah! voyant un autre coup.

M. PINCE.

C'est vrai, cela me paroît gros. (*Il y porte la sienne*

BLAISINE.

Ahi, ahi, vous me faites mal.

M. PINCE.

Que d'appas! Tenez, Mademoiselle Margot, je vous rends le billet si..... (*Ici Blaisine le regarde d'un coup d'œil indécis, qu'il prend pour de la colere.*) Ne vous a-t-il fait que cela? montrez-moi donc tout ce qu'il vous a fait. Je coris appercevoir une marque.

BLAISINE.

Oui, j'en dois avoir encore une.

ARIETTE.

BLAISINE.
ALLEGRO.
Au
MR. PINCE.
Ou donc, ou donc.
BASSO.
cou - - de.
Non, non non
Hé bien ! voyons voyons.
non.
Non, non non non.
Pourquoi, Blai - si - - ne, ces soupçons ? Laiſ-

Non, non non non.
ſez, laiſ - ſez. Laiſ - ſez, laiſ- -
Ah! c'eſt ſen - ſi - ble.
ſez. Sçavez vous que
Ah! c'eſt ſenſible, c'eſt ſen-
Blaiſe eſt ter - rible, Blaiſe eſt ter - rible ter-

sible. Ah! c'est sen - sible, sen - sible sen -
rible. Sçavez vous que Blaise est terri - ble ter -
sible c'est sen - si - ble.
ri - ble ter - ri - ble. Laif - sez laif -
Non, non non non non non non non.
sez. Pourquoi, Blaisine ces soup -

Ah! c'eſt ſen - ſi - ble, ah! c'eſt ſen -
çons. Sçavez vous que Blaiſe, ſçavez vous que
ſible, Ah! c'eſt ſen - ſible, ſen - ſible ſen-
Blaiſe, que Blaiſe eſt ter - rible, terrible ter-
ſible c'eſt ſen - ſi - ble.
- ri - ble ter - ri - ble. Laiſ - ſez laiſ -

Ah! c'eſt ſen - ſible, c'eſt ſen - ſi - -
ſez, Blaiſe eſt ter - rible, ter - ri - -
ble. Au cou - - - -
ble. Où donc où donc.
de. Non, non non non.
Hé! bien voyons. Pourquoi, Blaiſine ces ſoup-

Ah! c'eſt ſen - ſible, ah!
çons. Sçavez vous que Blaiſe,
c'eſt ſen - ſible, ſen - ſible ſen - ſible
eſt ter - - rible, ter - rible ter - rible.
Ah! c'eſt ſen - ſible, ſen-
Sçavez vous que Blaiſe, eſt ter - rible, ter-

fible fen - fible. Non, non non
rible ter - rible. Laif - fez laif - - fez,
non. Non, non non non.
laif - - fez laif - - fez laif -
Ah! c'eft fen - fible, ah!
fez laif - - fez fçavez vous que Blaife,

c'eſt ſen - ſible, ah ! c'eſt ſenſible ſen-
ſçavez vous que Blaiſe, que Blaiſe eſt ter - rible, ter-
ſible ſen - ſible, c'eſt ſen - ſi - ble,
rible ter - - ri - ble ter - ri - - - ble. Laiſ-
Non, non non non.
ſez laiſ - - ſez, Laiſ - - - ſez laiſ -

Non, non non non. Ah!
- - sez, laiſ - ſez laiſ - ſez.
c'eſt ſen - ſible, ah! c'eſt ſen - ſible, ah!
Sçavez vous que Blaiſe, ſçavez vous que Blaiſe que
c'eſt ſen - ſible, ſen - ſible ſen - ſible,
Blaiſe eſt ter - rible, ter - rible, ter - ri - -

Tenez, Mademoiselle Margot, prenez votre billet : nous sommes seuls, prenez votre billet ; je vous demande seulement ... seulement que vous ayez pour votre petit serviteur .....

BLAISINE.

Vous vous moquez de moi, M. Pince : un homme comme vous !

M. PINCE.

Pourquoi, pourquoi?

BLAISINE.

Un Huissier à verge !

M. PINCE.

Oh ! je ne suis pas fier, moi.

BLAISINE.

Ah ! vous ne m'avez jamais aimée.

M. PINCE.

Quoi ! moi ? Ah ! je vais bien vous prouver le contraire ; cette affaire d'aujourd'hui, par exemple, j'ai fais souffler l'assignation, j'ai obtenu prise de corps contre votre mari ; je voulois le mettre en prison, ma femme vouloit que ce fût vous ; mais outre que cela ne se peut pas, je ne l'ai pas voulu. Ah ! Madame Baisine ! Ah ! Mademoiselle Margot ! Tenez, voilà le billet, prenez, prenez.

Il met le billet dans la main de Blaisine qu'il tient.

BLAISINE.

Non, je veux payer.

M. PINCE.

Vous être la maîtresse du payement.

BLAISINE.

Non, non.

M. PINCE.

Prenez, je vous en prie, je vous en prie.

BLAISINE *faisant la pleureuse.*

Votre femme doit revenir .. ir ... la porte ... je vais la fermer .. er ... les voisins .. ins ... votre femme .... la porte.... mon mari.... attendez.

ARIETTE. MAJESTUOSO.

ſeul fi - - - - xe le ca - price le ca - price le ca-
pri - ce. l'Argent ſeul ſçait donner la
loi, la loi, la loi. Ah! quels mo-
ment! ah! quel dé - lice! Ah! que de plai-

firs j'entre - voi! Hier fa - rou - che, au-
jourd'hui toute à moi. Hier fa - rou - che, au-
jourd'hui toute à moi. Ah! quels momens!
que de plaifir j'entre - voi! Ah! quel dé -

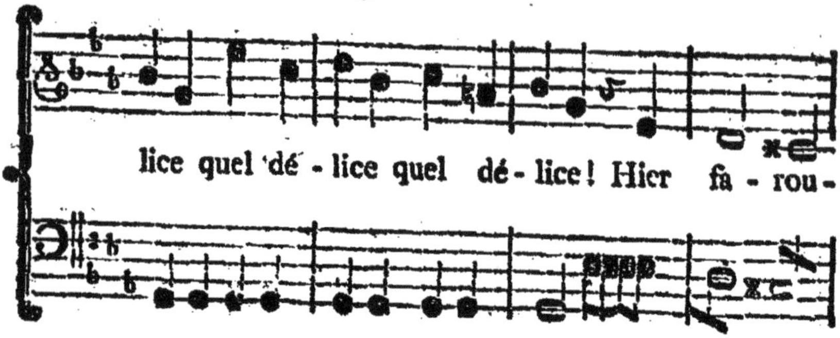

BLAISINE. *s'avance pendant le cours de l'Ariette, trouve son mari qui vient pour frapper M. Pince; elle le repousse, le force de se cacher & s'écrie:*

O ciel! voici mon mari; il ne sera ici qu'un instant, il va deux lieues d'ici chercher de l'argent; mettez-vous dans cette armoire: s'il vous trouve ici, il vous tuera.

M. PINCE.

Où! où, mais, si.....

BLAISINE.

Hé! vite, hé! vite.

M. PINCE, *revenant pour prendre sa canne & son chapeau.*

Mais, mais.....

(Blaisine l'enferme.)

SCENE VI.

BLAISE, BLAISINE,

M. PINCE, *dans l'armoire.*

BLAISE.

VAs vîte chercher sa femme.

BLAISINE.

Mais.....

BLAISE.

Ne t'embarasse pas.

(Blaisine va pour sortir & revient sur ses pas pour repondre à Blaise qui dit :)

Pourquoi es-tu si longtems à m'ouvrir?

BLAISINE.

Je ne m'attendois pas à vous voir revenir.

Blaise commence l'Ariette suivante en lui faisant signe de s'en aller : elle reste dans le fond du Théatre jusqu'à, réponds, réponds: non mon ami; *pour lors elle comprend la ruse de Blaise & sort en riant.*

SCENE VII.

BLAISE. & M. PINCE, *dans l'armoire.*

ARIETTE. MODERATO.

lieux, à la four - di -
ne, En l'ab - fence de ton ma - - ri,
à la four - di - ne, Tu re-
çois un fa - vo - - ri, un favo - ri, un favo-

ri. A la four - di -
ne re-çe - voir un fa - vo - ri, Ré-
En fauffet.
ponds, réponds, réponds: Non, mon a -
En fauffet
mi, un favo - ri un favo - ri. Non, mon

a - mi. Tiens, voilà pour ton démen - ti : *
Blaisine sort en pleurant.
Hi, hi, hi, - - - - hi, hi,
hi, - - - - - N'est - il pas ca-
ché sous ce lit? Hi, hi, hi, - -

hi, hi, hi,
Si je te trouve dans mon dé-pit, Je veux l'assom-
mer sur la place, Point de grace, point de grace.
N'est-il pas là, n'est-il pas i-ci? n'est-il pas

là, n'eſt-il pas i - ci? Hi, - -
- - - - - - - -
Tu voudrois m'en faire ac - croire! Donne-moi
la clé de l'ar - moire. Donne-moi la clé de l'ar-

moire. Donne donne donne donne,
Hi, - - - - - - - -
- - - - - Je me mo-
que de tes larmes; Tes pleurs ont des

charmes pour moi. Quoi! quoi! Tu vou-
drois m'en faire ac - croire! Tu voudrois m'en faire ac-
croire! Donne-moi la clé de l'ar - moire. Donne-
donne donne donne donne-moi la clé de l'ar-

- moi - - re. Tu voudrois m'en
faire ac - croire! Tu voudrois m'en faire ac - croire!
Donne-moi la clé de l'ar - moire: Donne donne
donne donne Hi, - - -

En faisant semblant de se moquer.

mo - que de tes larmes tes pleurs ont des
- charmes pour moi. Quoi! quoi! Tu vou-
drois m'en faire ac - croire Tu voudrois m'en faire ac -
croire: Donne-moi la clé de l'armoire: Donne

donne donne donne Je ne l'ai
pas, je ne l'ai pas. Tu ne l'a
pas, tu ne l'a pas. Mais c'eſt trop ba - lan -
cer, Pour l'enfoncer, Je vais là - haut pour l'enfon -

Blaiſe fait ſemblant de ſortir, frappe à la porte de l'armoire, & contrefaiſant ſa voix.

Monſieur Pince, Monſieur Pince, je ne ſçais que devenir il va deſcendre.

M. PINCE.

Ouvrez-moi, Madame Blaiſine, ouvrez-moi.

BLAISE.

J'ai jetté la clé derriere le coffre, vous n'aves qu'une choſe à faire.

M. PINCE.

Hé quoi! dites donc, dites donc.

BLAISE.

De vous recommander au Ciel.

M. PINCE.

O ciel! ô ciel! maudite armoire! Ah! ſi j'euſſe....

BLAISE.

Paix, paix : le voilà qui revient avec ſa maſſue.

SCENE VIII.

BLAISE, BLAISINE,

M. PINCE, *dans l'armoire.*

BLAISINE.

ELle me suit.

BLAISE.

Oh! tu ne veux pas me donner la clé de cette armoire où est caché ton favori. Enfonçons, enfonçons.

BLAISINE.

Hé, mon ami! hé, mon ami! je vais vous dire la vérité.

BLAISE.

La vérité?

BLAISINE.

La vérité.

BLAISE.

Mais prends garde à la vérité que tu vas me dire.

BLAISINE.

Oui, mon cher ami. Monsieur Pince.....

BLAISE.

Mr Pince, hé bien?

BLAISINE.

Hé bien! cet honnête homme qui faisoit vendre nos meubles est venu; il a trouvé que je pleurois.

BLAISE.

Hé bien?

BLAISINE.

Hé bien ! il m'a parlé ; il m'a parlé il m'a dit comme ça que.... il ne vouloit avoir affaire qu'à moi les femmes sont plus douces & moins trompeuses.

BLAISE.

Hé bien ?

BLAISINE.

Hé bien ! je l'ai payé ?

BLAISE.

Payé, comment payé ?

BLAISINE.

De tes épargnes, & voilà notre billet.

BLAISE.

C'est bon, c'est bon ; & cet homme qui est dans cette armoire ?

BLAISINE.

Ce n'est pas moi qui l'y ai mis.

BLAISE.

Il y en a donc un ?

BLAISINE.

Oui, mon ami ; je sçavois que vous vouliez vendre cette armoire.

BLAISE.

Hé bien ?

BLAISINE.

Hé bien ! je l'ai proposée à Monsieur Pince qui s'est enfermé dedans pour voir si elle fermoit bien.

BLAISE.

Est-ce là la vérité ?

BLAISINE.

Oui, mon ami ; demandez plutôt.

M. PINCE.

Oui, mon cher Monsieur Blaise, oui c'est la pure vérité.

BLAISE.

Je te pardonne donc en faveur de la pure vérité. Vous pouvez sortir, Monsieur Pince, ne craignez rien.

M. PINCE.

Je le voudroit bien, c'est que....

BLAISE.

Quoi ?

ARIETTE
BLAISINE.
Mon fils, le
M. PINCE. Le ressort est, je crois mê - lé.
BLAISE.
ressort est mê - - lé.
Par i - ci passez-moi la
La clé? La clé,
La clé, La clé,
clé, La clé, La clé. He! oui la

La clé, la clé la clé la clé
La clé, la clé la clé la clé.
clé la clé la clé la clé la clé la clé la clé la clé la clé la clé. Par i-ci
La clé, la
La clé, la clé
paſſez-moi la clé, la clé. Hé! oui, la
clé la clé la clé la clé la clé.
la clé la clé la clé la clé.
clé morbleu la clé la clé la clé la clé la clé la clé la clé.

Je trem - - - -
Je ne l'ai pas. Je trem -
O Ciel!
Ah! vs. vs. entendez en-
ſemble vous vs. entendez en - ſemble vous vs. entendez en-

ſemble vous vous entendez enſemble vous vs. entendez en-
- - - be.
- - - ble Le reſſort.
- - ſem - - ble.
Mon fils le reſſort. eſt mê-
eſt je crois mê - lé.

lé. La clé,
La
Par i - - ci passez-moi la clé.
La clé, la clé
clé, la clé la
La clé? Hé! oui, la clé, la clé morbleu la
la clé la clé la
clé la clé, La clé la
clé. Hé! oui, la clé, Hé! morbleu la clé, la clé la

clé la clé la clé la clé.
clé la clé la clé la clé.
clé la clé la clé la clé la clé la clé la clé la clé.
Je trem -
Je ne l'ai pas. Je
O Ciel!
trem
Ah! vous vous entendez ensemble, vous vous entendez en-

ble.
ble. Je
femble vous vous entendez en - fem - - ble.
Je trem
trem
Ah! vous vous entendez en-
ble.
ble.
femble vous vous entendez enfemble. Par i-ci

La clé, la
La clé, la clé
paſſez-moi la clé, morbleu la clé la clé la clé mor-
clé, la clé la clé la
la clé la clé la
bleu la clé la clé, morbleu la clé la clé la clé morbleu la
clé la clé la clé la clé la
clé la clé la clé la clé la
clé la clé la clé, morbleu la clé la clé la clé la clé la

Ah! coquine, tu m'as trompé; je ſçavois bien qu'il y avoit quelque choſe là-deſſous; je veux t'écraſer ſur la place. (*tous bas.*) Fuis-t'en, voici Madame Pince.

SCENE IX.

BLAISE. Mr. PINCE, Me. PINCE.

Mr. PINCE.

MOn cher Monſieur Blaiſe je vous dirai que ....

(*Il ſe cache dans l'armoire, ſitôt qu'il entend ſa femme, qui parle,*

Mde. PINCE.

Hé! bien, vous voulez donc payer ?

BLAISE, *à part.*

Cette glorieuſe!

Mde. PINCE.

Je n'ai pû trouver mon mari.

BLAISE.

Et quand je te fais careſſe, c'eſt à toi d'y répondre.

Mde. PINCE.

Blaise, Maître Blaise.

BLAISE.

Oui, à toi, à toi, trop d'honneur. Ah! Madame, bon jour; vous le sçavez, Madame Pince, que je pouvois épouser des femmes qui valoient cent fois mieux qu'elle; mais il faut être discret, & ne jamais nommer personne.

Mde. PINCE.

Ah! c'est vrai. Enfin M. Blaise vous voulez donc terminer?

M. PINCE.

Oui, Madame, j'ai payé à votre mari, & voilà mon billet. Cette coquine!

Mde. PINCE.

Tredame, Maître Blaise, vous êtes donc bien riche. C'est bien, c'est bien.

BLAISE.

Que diriez-vous d'une femme ...? Ah! Madame Pince, j'ai bien du chagrin.

Mde. PINCE.

En quoi?

BLAISE.

Du dépit.

Mde. PINCE.

Pourquoi?

BLAISE.

Du regret.

Mde. PINCE.

Hé! de quoi s'agit il, mon pauvre Blaise?

BLAISE.

Vous m'avez autrefois témoigné de la bonne volonté; enfin n'en parlons plus. Je souhaite que vous soyez heureuse avec votre mari; j'en suis bien puni. Que diriez vous d'une femme? ....

Me. PINCE.

De la vôtre?

BLAISE.

Hé! de qui donc?

Me. PINCE.

Hé! que vous a-t-elle fait?

BLAISE.

Dites ce qu'elle ne me fais pas. Madame Pince, on eſt jeune, on eſt careſſant; je ſuis toujours à lui faire mille amitiés, ſi je me croyois, je lui en férois toute la journée. A l'inſtant même ... mais elle me rebute, elle me repouſſe, elle m'envoye promener; c'eſt bien chagrinant, Madame Pince, & je ſuis bien sûr que vous ne faites pas comme cela avec Mr. Pince.

C'est le plus sot des maris, le plus sot des maris.
En baillant.
Ah! ah! le pauvre homme, c'est le plus
sot, c'est le plus sot des maris, c'est le plus
sot, c'est le plus sot des maris. Ah! le pauvre

homme, ah! le pauvre homme. Il n'a
pas ſon pa - reil à Pa - ris, Sa froi-
deur maſ - - - ſomme. C'eſt le plus ſot des ma-
ris. Sa froi - deur maſ - ſomme,

c'eſt le plus ſot des maris, le plus ſot des maris.
Ah! ah! le pauvre homme, c'eſt le plus
ſot, c'eſt le plus ſot des maris, c'eſt le plus
ſot, c'eſt le plus ſot des ma-ris. Le pau. home. le pau.

* Pendant cette Ariette Blaiſe attire Madame Pince du côté de l'armoire, & Mde Pince, qui ſe trompe dans ſes Idées, ramene Blaiſe ſur le devant du Théatre; il répete avec elle, *Ah! le pauvre homme!* en regardant l'armoire.

houſſe. Je ne puis a - vec lui, mou - rir que d'en-
nui. Il me re - - pouſe, il me re -
pouſe. Et puis il touſſe hou hou hou hou
houſſe. Je ne puis a - - vec lui, mou -

BLAISE.

Comme j'aimerois une femme comme vous! Ah! si votre mari mouroit ...

Me. PINCE.

Il ne peut pas vivre longtems; il a un asthme.

BLAISE.

Il a un asthme! Ah! s'il mouroit.

Me. PINCE.

Hé! bien, mon pauvre Blaise!

BLAISE.

Comme je vous épouserois!

Me. PINCE.

Et ta femme?

BLAISE.

Ah! elle mourrois aussi; je la connois.

Me. PINCE.

Tu m'épouserois?

BLAISE.

Et vous, Madame Pince

Me. PINCE.

Ah! ne t'ai-je pas toujours aimé? je t'aime encor. Quelle certitude en veux-tu, mon cher Blaise?

SCENE X.

Mr. PINCE, BLAISE, Me. PINCE. BLASINE.

(M. Pince donne un coup de pied dans l'armoire, & en sort.

Me. PINCE.	BLAISE.
Oh! Ciel!	Oh! Ciel!

QUATUOR.

Mr. PINCE *à sa femme.*
Ah! grands Dieux! ah! grands Dieux! puis-je le
Me. PINCE, *à Blaise.*
Ah! grands Dieux! puis-je le
(*Blaise.*)
croire? puis-je le croire? Peux-tu me tendre
croire? Puis-je le croire?

un ap - - - pas.
Blaiſe a pour toi des ap - - -

(à ſon mari,)

Oui, je voudrois ton tré - pas.
Tu de -

A - me noire cet - te noire,
sires mon trépas, tu de - sires mon tré - pas.
Prouve ton maudit tracas. Oui, je voudrois ton tré-
A - me

pas, oui je voudrois ton trépas, oui, je voudrois
noire, De l'ar - moire, j'é-coutois tous
En riant. Ah! - - - -
ton tré - pas.
ce tra-cas.
- - - - Ah! grands Dieux! puis - je le

croire, puis-je le croire. Ma femme à quel-
que ap - - - pas, Sans at - tendre mon tré-

Oui, je voudrois ton trépas, oui je voudrois ton tré-
Puis - je le croi - - -
pas. A - me noi - re dans l'ar - -
pas.
En riant.
Ah! - - - - -
re, Blaise à pour toi des ap - pas.
moire, Tu mé - di - tois tes é - bats.

Puis-je le
Ah! grands Dieux! puis-je le croi-re, puis-je le
puis-je le
Ah! -
croire.
croire. Blaise à pour toi des ap-pas.
croire.

Oui, je voudrois ton tré-
vous de - fires mon tré - pas. A - me
Blaife à pour toi des ap - pas.
- - - - - Ah! - -
pas, oui je voudrois ton tré - pas.
noire, Cette ar - - - moire, Me ven-
- - - - - - Ma femme

A - me noire,
ge de ce tra - cas.
Tu deſires mon trépas.
à quel - que ap - pas.
Oui, je vondrois ton trépas.
A - me noire,
A - me noire,
Sans attendre mon trépas.

Peut-tu me tendre un ap-
vous desires mon trépas.
A - me noire.
pas. Oui, je voudrois ton trépas. Oui, je voudrois ton tré-
Ah! - - - - -
Blaise a pour toi des ap- -
Ah! - - - -

pas. A - - me noi - re. Cette ar - -
pas. Tu de - ſires mon trépas, tu de - ſires mon tré-
moire prouve ton maudit tracas, prouve ton maudit tra-
Ah! - - - - -
pas. Blaiſe a pour toi des ap -
Sans attendre mon trépas, ſans attendre mon tré-

cas. A - me noire, Cette ar - moire
- - A - me noire, Cette ar - moire
pas:
pas:
Prouve ton maudit tra - cas - -
Me ven - ge de ce tra - cas - -
A - me noire,
Ah! - - - A - me noire,

tra-
tra-
De l'ar - moire, j'é - coutois tous ce tra-
Dans l'ar - moire Tu me - ditois ton tré-
cas. A - me noire, Cette ar - moire
cas. A - me noire, Cette ar - - moire
cas.
pas.

Prouve ton maudit tra - - cas.
Me ven-ge de ce tra - - cas.
A - me noire,
Ah! - - - A - me noire,
- - - - - - tra -
- - - - - - tra -
De l'ar - moire j'é - coutois tout ce tra -
Dans l'ar - moire Tu mé - ditois tes é -

cas. A - me noire, Cette ar - - moire
cas. Ah! - - - - - -
cas. A - me noire, De l'ar - moire
bats. A - me noire, Dans l'ar - moire
Prouve ton mau - dit tra - cas. Prouve ton mau-
j'é - coutois tout ce tra - cas, j'é - tou:ois tout
Tu mé - ditois tès é - bats, tu mé - ditois

(Blaise & Blaisine mettent Mr. Pince & Me. Pince à la porte. Ils sortent en se menaçant l'un l'autre.)

SCENE XI.

UN GARCON DE CABARET, BLAISE ET BLAISINE.

LE GARCON.

SCavez-vous que Mathurin s'impatiente, & que si vous ne venez pas, il va venir lui & toute la nôce.

BLAISE.

Nous y allons.

BLAISINE.

A l'instant.

BLAISE *riant.*

Hé bien! ma femme, ça ne vas pas mal comme tu vois, nous avons fait une assés bonne journée : allons joindre la nôce & ne songeons tout aujourd'hui qu'à nous bien divertir.

(Ils s'embrassent.)

DUO.

BLAISINE.
BLAISE.
ALLEGRO.
BASSO.
Dans le plus pai - ſible mé - -
nage, Sou - vent pour un oui, pour un non,
Il ar - ri - ve quelque ta - page, ta -

page tapage ta - page.
Dans le plus pai - fible mé -
nage, Sou - vent pour un oui, pour un non,
Il ar - - ri - ve quelque ta - pa - ge, ta-

pour un oui, pour un oui,
page tapage ta - page, pour un oui, pour un
non, l'home. & la femme hauſſent le ton, hauſſent le
pour un oui, pour un oui,
ton hauſſent le ton, pour un non, pour un

pour un oui, pour un non l'home. & la feme. hauſſent le
non, pour un non, pour un non. l'homme & la
ton hauſſent le ton hauſſent le ton,
femme hauſſent le ton hauſſent le ton, Grand bruit a-
Grand bruit grand bruit
lors dans la mai - ſon grand bruit a - lors dans la mai-

grand bruit a - lors dans la mai - ſon, dans
ſon grand bruit grand bruit dans
la maiſon, dans la maiſon. Mais
la maiſon, dans la maiſon.
quand l'amour dit qu'on ſe taiſe,
Le bruit le

bruit s'ap - - pai - - - - -
l'homme & la femme baiſſent le ton,
ſe,
Tout ſe remet à l'uniſſon,
Tout ſe remet à l'uniſ - ſon,
à l'uniſ-

à l'unif - - fon,
fon à l'unif - fou,
à l'unif - fon, à l'unif - fon, à l'unif-
à l'unif - fon, à l'unif - fon, à l'unif-
fou. Il ar-
fon. Mais fouvent pour un oui, pour uu non.

rive quelque ta - page. Il ar -
pour un oui, pour un non,
rive quelque ta - page, pour un
Ta - page tapage ta - page,
oui, pour un non, pour un
Tapage ta - page,

oui, pour un non, pour un oui,
Tapage ta - page, pour un
pour un oui, pour un oui, pour un oui. Grand
non, pour un non, pour un non, pr. un non. Grand
bruit grand bruit grand bruit
bruit a - lors dans la mai - ſon, grand bruit

grand bruit. Mais quand l'a-
dans la mai - son.
mour dit qu'on se tai - se,
Le bruit le bruit s'ap-
pai - - - - - - se,

l'homme & la femme baiſſent le ton,
baiſſent le ton,
Mais, mais pour un
Dans le plus pai - ſi - ble mé - -
oui, pour un non,

nage, Il ar - ri - ve quelque ta - page.
Dans le plus pai-
Mais, mais pour un oui, pour un non,
fi - ble mé - nage, Il ar - ri - ve quelque ta-

page, pour un non, pour un non, pour un
pour un oui, pour un oui, pour un oui,
non, pour un non, l'homme & la femme hauſſent le
pour un oui, l'home. & la feme. hauſſ. le ton, hauſſent le
ton, hauſſ. le ton, grand bruit alors dans la maiſon grand
ton, hauſſ. le ton. Grand

bruit a - lors dans la maiſon, grand bruit grand
bruit grand bruit grand bruit a-lors dans
bruit dans la maiſon dans la maiſon.
la mai-ſon dans la mai-ſon dans la maiſon.
Mais quand l'amour dit qu'on ſe taiſe,
Le bruit le

bruit s'ap - pai - - - - se,
l'homme & la femme hauſſent le ton, baiſſent le
baiſſent le
ton, baiſſent le ton.
ton, baiſſent le ton. Tout ſe remet à l'uniſ-

Tout se re - met à l'unis - son, à l'unis-
son, à l'unis - - son
son, - - - à l'unis- -
à l'unisson, - - à l'unis - son
son à l'unis - son à l'unis - son.
son à l'unis - son à l'unis - son.
FIN.

CATALOGUE DE LIVRES DE MUSIQUE,

Qui se trouve à Liége, chez F. J. DESOER Libraire & Imprimeur, sous la Tour St. Lambert, à la Main d'or.

	flor.	sols
BLaise le Savetier, Opera Comique par Mr. S***. la Musique de M. Phillidor où se trouve de Duo, Trio, Quatuor & Quinto, le tout en Musique 8vo.	2	0
Chansons Originaire des Francs-Maçon, suivies de la Muse Maçonne, ou recueil de nouvelles Chansons sur la Maçonnerie, avec la Musique, à la Haye, in-8vo.	1	0
Le Jeu de Dez Harmonique ou *Ludus Melothedicus* contenant plusieurs calculs par lesquels toutes personnes peuvent composer differens Menuets avec l'accompagnement de Basse en jouant avec deux Dez, même sans sçavoir la Musique, in-quarto.	1	0
Le Peintre Amoureux de son modele, piéce en deux Actes Parodiée *del Pitore Innamorato*, intermède Italien, par Mr. Anseaume, avec les Ariettes en Musique, de la composition, *del Signor Duny*. in-8vo.	1	0
Les Ariettes de Ninette à la Cour, Parodie de Bertolde en trois Actes, avec la Musique in-8vo.	2	5
La Bohemienne, Comedie en deux Actes en vers, & en Musique, traduite de la *Zingara* intermède Italien, par M. Favart in-8vo.	1	10
La Servante Maîtresse, Comédie en deux Actes avec la Musique traduite de la *Serva Padrona*, intermède Italien in-8vo.	1	10
L'Eloge du Coucou, Cantate Françoise a voix seule avec la basse continue composée de trois Airs & deux Recits, le tout dans le goût Italien Liége Folio.	1	0
Nouvelle Methode pour apprendre par Theorie dans un mois de tems à Jouer du Violon divisé en trois Classes; avec des leçons à deux Violon par Gradation par D. C. Tessarini D. Rimini. folio.	1	10
Nouvelle methode pour apprendre en peu de tems à Jouer de la Flutte Traversiere à l'usage des commençans & des personnes plus avancées, par Mahaut en Flamand & François enrichie de 12. Tables gravées en taille douce Paris, in-4to.	3	0
Recréations Harmoniques ou Recueil de Chansons Françoises, mêlées d'airs tendres & comique, &c. des plus nouveaux dans le goût Italien, avec la Basse continue, lesquels peuvent se jouer sur toutes sortes d'instrumens, 12. Parties, in-quarto *Oblongo*.	7	10

www.ingramcontent.com/pod-product-compliance
Ingram Content Group UK Ltd.
Pitfield, Milton Keynes, MK11 3LW, UK
UKHW031902260826
14628UKWH00002B/948

9 782019 694609